ADEMARIO RIBEIRO PAYAYÁ

OS INDÍGENAS, A MÃE TERRA E O BEM VIVER

Ilustrações
MAURICIO NEGRO

1ª edição

TEXTO © ADEMARIO RIBEIRO PAYAYÁ, 2024
ILUSTRAÇÕES © MAURICIO NEGRO, 2024
1ª EDIÇÃO 2024

DIREÇÃO EDITORIAL: Maristela Petrili de Almeida Leite
COORDENAÇÃO DE EDIÇÃO DE TEXTO: Marília Mendes
EDIÇÃO DE TEXTO: Ana Caroline Eden
COORDENAÇÃO DE EDIÇÃO DE ARTE: Camila Fiorenza
ILUSTRAÇÕES DE CAPA E MIOLO: Mauricio Negro
DIAGRAMAÇÃO: Michele Figueredo
COORDENAÇÃO DE REVISÃO: Thaís Totino Richter
REVISÃO: Nair Hitomi Kayo
COORDENAÇÃO DE *BUREAU*: Everton L. de Oliveira
PRÉ-IMPRESSÃO: Ricardo Rodrigues, Vitória Sousa
COORDENAÇÃO DE PRODUÇÃO INDUSTRIAL: Wendell Jim C. Monteiro
IMPRESSÃO E ACABAMENTO: Log&Print Gráfica, Dados Variáveis e Logística S.A.
LOTE: 790167
CÓDIGO: 120009333

Dados Internacionais de Catalogação na Publicação (CIP)
(Câmara Brasileira do Livro, SP, Brasil)

Payayá, Ademario Ribeiro
  Os Indígenas, a Mãe Terra e o Bem Viver / Ademario Ribeiro Payayá ; ilustrações Mauricio Negro. – 1. ed. – São Paulo : Santillana Educação, 2024. – (Veredas)

  ISBN 978-85-527-2923-5

  1. Povos indígenas - Literatura infantojuvenil
  I. Negro, Mauricio. II. Título. III. Série.

23-178949   CDD-028.5

Índice para catálogo sistemático:

1. Povos indígenas: Brasil: Literatura infantil 028.5
2. Povos indígenas: Brasil: Literatura infantojuvenil 028.5

Cibele Maria Dias - Bibliotecária - CRB-8/94270

REPRODUÇÃO PROIBIDA. ART. 184 DO CÓDIGO PENAL E LEI Nº 9.610, DE 19 DE FEVEREIRO DE 1998.

Todos os direitos reservados
EDITORA MODERNA LTDA.
Rua Padre Adelino, 758 – Quarta Parada
São Paulo – SP – Brasil – CEP 03303-904
Vendas e atendimento: Tel. (11) 2790-1300
www.moderna.com.br
2024
Impresso no Brasil

Este livro é mais um hálito em que
meus ancestrais Payayá me fortalecem.

In memoriam de Amélia, minha mãe, de Alberto,
meu pai, de Angelita e Áurea, minhas irmãs!

Para minhas irmãs, Albertina, Almira e
Adelmira e aos irmãos Almiro e Adelmo, para
que saibam que é preciso acreditar e semear a
esperança também no solo da memória.

Para Natalina, minha esposa e
companheira de todas as horas.

Para meu filho Yã, pela honra de ser
seu pai, e ao meu neto Arthur, pela
alegria de sua vinda entre nós.

Quando converso com o fogo e com as águas, lembro-me de que nossos avós diziam que um tempo de fúria e com grandes devastações viria e que feliz seria o povo que tivesse uma rama verde e um olho d'água na sua aldeia. Por estarmos sobrevivendo a profundos e sistemáticos conflitos, guerras, fome, sede, corrupção, devastação das florestas, contaminação dos rios e mares, extermínios de pessoas nos campos e cidades, além de milhares de mortes por Covid-19, agora é o tempo do Caminho de Volta para cuidar da Mãe Terra, de fortalecermos as memórias ancestrais com o coração benfazejo, com mãos generosas e olhos na face do irmão e da irmã para que numa nova lua volte a germinar as ramas e os olhos d'água de todas as aldeias. Vamos sustentar o Bem Viver na nossa Casa Comum que é o Planeta Terra.

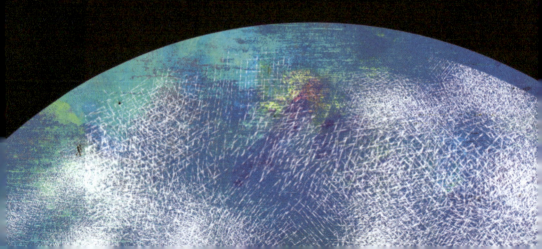

SUMÁRIO

APRESENTAÇÃO: O caminho de volta, **8**

I. TERRA: De onde venho e onde estou, **10**

II. MEMÓRIA: Pessoal, Familiar e
Étnica Indígena, **18**

III. ALMA E CORAÇÃO: O Bem Viver
e a Conexão com a Mãe Terra, **22**

IV. DIVERSIDADE, FÉ E CORAGEM: Dos sonhos
às estratégias de sobrevivência, **28**

V. POEMAS, PARÓDIAS E CANÇÃO: Algumas
maneiras de defender e celebrar a Vida!, **36**

VI. AQUI E AGORA: Cutucando para dialogar, **56**

REFERÊNCIAS BIBLIOGRÁFICAS, **60**

APRESENTAÇÃO

O CAMINHO DE VOLTA

Peço licença e benção aos encantados da floresta, aos parentes do povo do parente Ademario Ribeiro, para apresentar este livro-território Payayá.

Os Indígenas, a Mãe Terra e o Bem Viver é uma obra autobiográfica, ensaística e poética, um gênero recorrente na literatura indígena.

Ademario inicia compartilhando a terra de origem de seus antepassados, e a terra onde o autor vive hoje. É princípio indígena localizar a terra onde nossos ancestrais construíram a memória coletiva do povo – aqui, Canabrava dos Payayá (atual Miguel Calmon, na Bahia). Ao enunciar a terra onde se encontra hoje, entre Inhambupe e Salvador (BA), Ademario faz a etiqueta de informar que é direito indígena deslocar-se por outros biomas e regiões sem que isso signifique o desaparecimento da identidade indígena, ou a diminuição da legitimidade do pertencimento, como outorgou o Estado brasileiro sobre a identidade coletiva do povo Payayá.

Outro princípio indígena que encontramos na obra é a reivindicação do nome Pindorama para o território nacional. Como diz o parente, esse é um nome entre tantos que reconhecemos e denominamos nossas terras, antes de toda essa extensão ser nominada pelos colonizadores com nomes definidos oficiais. Endossando o coro pan-indígena, Ademario emprega o termo *Abya Yala*, nome que os intelectuais indígenas reclamam como o verdadeiro do continente "americano". Emil' Keme, indígena do povo Maya K'iche' (Guatemala), informa que, desde os anos 1980, muitos ativistas indígenas, escritores e organizações têm acolhido a sugestão de Mamani (indígena Aymará) e do povo Kuna (Panamá) de reafirmar o nome *Abya Yala* não somente como o nome para nos referirmos ao continente, mas também para representar um lugar de enunciação cultural e político indígena diferenciado.

A pedra angular da obra, no entanto, é o paradigma natureza e cultura como correlatos e não como antítese. O Bem Viver, a crença nos encantados, a defesa dos biomas e territórios se dão a partir da ancestral crença de que a floresta é viva e tem espírito. A economia da roça, como diz o autor, está para além do plantio e sustento, é condição fundamental para "renovar a força na espiritualidade, nos espíritos que habitam o nosso lugar, e nossas vidas". E é no modo de vida que se ritualiza essa crença: invocando a boa palavra, cantando e dançando.

Quem caminhar por essas veredas Payayá encontrará um narrador que reconhece o licuri como a si mesmo, sendo coco-gente, gente-coco, pessoas indivisíveis de uma mesma memória e cultura. Saberá que a memória ancestral vive dentro da gente apesar de vivermos em qualquer lugar do mundo, e que os ensinamentos de nossos pais e mais velhos de nossas comunidades são o sustento do nosso mundo. Aqui já sabemos que temos muitos mundos, mas fica a certeza na poesia que o parente canta: deuses, povos, línguas, a pluralidade que nos diferencia e nos une na luta pela terra.

O caminho de volta é um poema do livro, é uma metáfora e uma condição política que o povo historicamente enfrenta.

Como o Curupira segue adiante em sua missão, mas seus rastros apontam de onde saiu e por onde voltar, nós também o fazemos. Caminhamos em direção ao tempo antigo, esse que contesta qualquer tese jurídica que busca nos expulsar de nossos territórios e negar a existência social dos povos indígenas no Nordeste; caminhamos em direção à terra, convidando coletivamente olhos que vejam sem fronteiras, mas que reivindica demarcação para proteger os biomas caatinga e cerrado; caminhamos em direção à língua antiga que em vocábulos, na obra e especialmente em poemas, cantam o Tupi.

Voltar ao passado é honrar a terra, as plantas, as estações, os pássaros e as pedras que já estavam aqui.

O caminho de volta é coletivo.

É coletivo porque todas as nações indígenas lutam pela liberdade de consagrar a terra. E é isto que é Bem Viver.

Trudruá Dorrico

Trudruá Dorrico pertence ao povo Macuxi. É doutora em Teoria da Literatura pela PUCRS, mestre em Estudos Literários e licenciada em Letras/Português pela Universidade Federal de Rondônia – UNIR. É poeta, escritora, palestrante e pesquisadora de literatura indígena. É a administradora do perfil @leiamulheresindigenas no Instagram e foi curadora da I Mostra de Literatura Indígena no Museu do Índio – UFU. É uma das autoras que compõem a antologia *Aptyma: Floresta de histórias*, também publicada pela Editora Moderna.

I. TERRA:

DE ONDE VENHO E ONDE ESTOU

Olá, tudo bem? Pode me chamar de **Licuri**. Era assim que me chamavam meus familiares, amiguinhos e os mais velhos da minha velha Canabrava dos **Payayá**, na atualidade, Miguel Calmon, na Bahia. Nas minhas visitas às aldeias e pelo mundo inteiro, eu me apresento assim.

Licuri é um coco bem pequenino. Comi tanto esse fruto do licurizeiro na minha infância que, se abrirem meu corpo e minha alma, vão encontrar muitos deles formando meus órgãos, meu sangue, meus sonhos e visões!

Toda vez que entrava na mata, ia logo procurando um licurizeiro e ficava triste se não houvesse nenhum cacho maduro ou com os licuris sequinhos deixados pelos preás ou pelo gado. Esses animais comem a polpa madura do fruto e deixam os coquinhos, que a gente apanhava e levava para casa. Se não estivessem sequinhos, a gente colocava no terreiro para secar e em seguida "fazer a quebra".

Todos com suas pedras nas mãos iam quebrando e muitas das vezes comendo ali mesmo as amêndoas!

Quebrar licuri era sempre motivador para as pessoas se sentarem perto umas das outras, contarem histórias, segredos e cantarem suas cantigas. Enquanto uns batiam com suas pedras de cá, outros batiam de lá, quebrando os frutos.

A hora de debulhar era também a hora de escolher: comê-los ou fazer colares? Para

Licuri – Fruto do licurizeiro (*Syagrus coronata*). Uma palmeira nativa da caatinga, também presente na costa leste do Brasil. A depender da região, pode ser chamado de adicuri, alicuri, aricuri, aricurí, dicuri, iricuri, licuri, nicuri, ouricuri, uricuri, urucuri...

Payayá – Por recomendação da Convenção de 1953 da Associação Brasileira de Antropologia (ABA), estabeleceu-se que as denominações dos povos e etnias são palavras invariáveis: sem flexão de gênero e número. Por exemplo: os Tupinambá, os Yanomami, os Pataxó, os Kaimbé, os Payayá, os Kiriri etc.

preparar os colares, era preciso quebrar os licuris com cuidado e com um equilíbrio entre força e delicadeza para que as amêndoas saíssem inteiras.

Depois, a gente pegava uma fieirinha feita da fita da palha do licurizeiro ou uma linha de costura, e um espinho de mandacaru, de juazeiro, ou uma agulha para furar as amêndoas e ir colocando uma atrás da outra até virarem colares, que eram colocados no pescoço para serem comidos, compartilhados ou vendidos nas ruas e feiras.

Muita gente sobreviveu por comer licuri. Muita gente só não morreu de fome por causa do licuri.

Muita gente fazia cocada: Dona Amélia, minha mãe, minha madrinha Ditinha, Dona Lozinha, Don'Ana ou Dona Nenega, por exemplo! As cocadas delas eram uuuuuma de-lí--ci-a! Dá água na boca só em pensar!

O povo do lugar também fazia uso do óleo do licuri nas comidas. Os peixes e caças, meu Deus, se cozidos ou fritos com o óleo do licuri, tinham um cheiro e um sabor que jamais se pode esquecer!

Licuri é coco pequeno, mas grande dentro da gente! É isso!!!

Quem acredita no sobrenatural sabe que um encantado mora nele. E, eu? Claro que acredito! Eu via sempre na minha infância! Sempre vi de pertinho quando ficava sozinho na mata com minha mãe ou quando eu ficava mirando as serras, as quebradas das matas, os lajedos, as beiras dos riachos, dos brejos, das grotas, sempre nas horas aquietadas e, mais ainda na hora do pôr-do-sol!

ꙮ꙯꙰꙱

Agora que já contei um pouco sobre meu apelido e sobre o lugar em que vivia, quero falar de minha mãe. Ela nasceu no sertão Payayá e me dizia que todos seus ancestrais nasceram lá na mesma penca de rama! Eu também nasci lá!

Quando digo sertão Payayá, estou falando da antiga Canabrava. Entretanto, é difícil afirmar qual era o território principal dos antepassados do povo Payayá, já que habitavam várias localidades, como Chapada Diamantina, Vale do Paraguaçu e Recôncavo baiano. Talvez fossem vários os seus territórios.

Com minha mãe aprendi muito sobre as roças, sua herança indígena e sertaneja. Com ela, entendi o que nos alertam os pios da araponga, da **acauã**, o voo bandoleiro do gavião ou carcará. Também aprendi a lidar com respeito com as cobras, a fazer **coivara** e cuidar das ramas, dos fios d'água e das histórias compartilhadas em nosso velho rancho ou terreiro.

Ela é meu principal elo inspirador para não esquecer a minha origem, terra imemorial do nosso povo Payayá. Com enxada, foice, facão e saberes da terra, ela soube encoivarar, adubar, plantar e arrancar o pão diário para a penca de oito filhos, após a morte de meu pai com 62 anos, em 1964. Minha mãe faleceu em 2015, aos 98 anos.

❦❦❦❦

Meu pai nasceu no município de Mundo Novo, na Bahia. Meus irmãos mais velhos — eu sou o caçula — me diziam que ele havia saído de sua terra natal e perguntava, em cada casa que encontrava, se tinham joias, panelas, baldes e **carotes** para soldar. Se quisessem ele também fazia joias incrustadas com pedras preciosas. Era um misto de ourives e funileiro. Era também um apaixonado lavrador!

Acauã – Ave falciforme da família *falconidae*, também conhecida por outros nomes: macauã, acanã, cauã. Por alimentar-se de serpentes, é também chamada de papa-cobras. Pelas crenças populares, é cercada de admiração e de medo. Acredita-se que seu canto chama a seca, mas também traz sorte.

Coivara – Prática tradicional entre os povos indígenas que consiste em derrubar a mata onde se planeja fazer a roça. Posteriormente, junta-se a vegetação que, depois de seca, é queimada. As cinzas são aproveitadas como adubo.

Carotes – Vasilhames com vários tamanhos, feitos de madeira com cintas de aço e utilizados para armazenar água e ser transportado por animais.

Aprendi com meu pai sobre animais e brinquedos feitos com gravetos, frutos, folhas, talos, cabaças e espigas de milho. Realmente, meu pai era um artista e montava a cavalo como ninguém! Era lindo como ele cuidava dos animais!

Com meu filho e depois com meu neto também brinquei assim. Construímos juntos seus brinquedos! Como arte--educador, igualmente convido crianças, jovens e adultos das cidades a construírem seus brinquedos! Essa memória lúdica me acompanha por onde vou. Faz-me viver feliz!

ଡ଼ଡ଼ଡ଼ଡ଼

Quando cheguei com minha família em Salvador, em julho de 1969, o Apolo 11 também chegava à lua! Não me esqueço desse duplo evento! Até hoje estou tonto com a minha chegada nessa cidade!

Morar em Salvador não foi nada fácil para nós. Para mim, foi e continua sendo um susto! Isso mesmo! Perdemos nossas raízes sertanejas e indígenas e nos transplantamos num lugar que demorei muito para aprender a conviver com as arrelias e com as diferenças – com as indiferenças mais ainda! Ralhavam do formato da minha cabeça, do corte ou comprimento do meu cabelo, da minha voz, do meu sotaque ou do meu falar: falares de sertanejo!

Hoje sou um pouco do que veio do sertão com um pouco do que fui me transformando aqui na capital. Por mais que eu tenha as coisas da cidade, mantenho forte minha alma lá do meu sertão.

SAUDADE E LEMBRANÇA
DO SER TÃO PROFUNDO

Em tempos que lá se vão para trás dos montes, bem para as barrancas onde o sol se põe, nasci. Nasci de uma gente e entre gentes que tinham a cor da pele como a cor de uma jabuticaba ou de um sapoti. Às vezes a mistura dessas duas.

Minha parentalha gostava de contar histórias! Em nosso rancho e muitas das vezes no terreiro, as crianças e jovens se juntavam aos mais velhos para ouvi-los. Quando essas narrativas aconteciam em noite de lua cheia ou de lua nova, tudo era mais mágico! Acendíamos uma fogueira e aquecíamos nossos corpos. Com a luz das labaredas e dos raios lunares, nossos olhos, juntos, enxergavam mais longe!

E o que víamos mais longe? Mais gentes chegando para fiarem suas histórias ou passarem pelo terreiro em direções aos outros ranchos e lugares mais distantes! Iam para Almas, Assa-Peixe, Bananeira, Bois, Brejo Grande, Cabral, Faísca, Itabira, Itapura, Lagoa, Olhos d'água, Palmeiras, Pindorama, Salgado Grande, Tapiramutá, Tapiranga, Tombador, Três Tanques, Várzea do Poço etc.

Cada pessoa tinha suas histórias para contar. Algumas falavam que a seca havia queimado sua terrinha. Outras falavam dos caçadores de ouro e prata. E havia ainda aquelas que contavam causos em que as crianças arregalavam os olhos de medo e curiosidade.

Em noite de lua cheia, saio de dentro de casa para espiar a dona lua. Faço uma fogueira e faço um foguinho. A lua refresca a minha memória, e hoje eu vou contar o que tenho guardado dentro de mim. Gosto muito de escrever e de ouvir as pessoas com suas histórias. Convido você a ler o que está nas próximas páginas. Abra devagar e leia sem pressa!

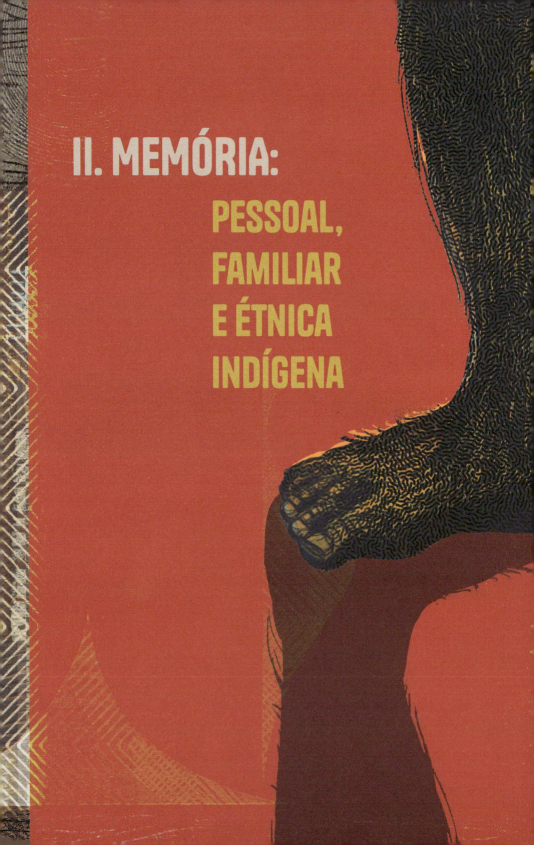
II. MEMÓRIA:
PESSOAL, FAMILIAR E ÉTNICA INDÍGENA

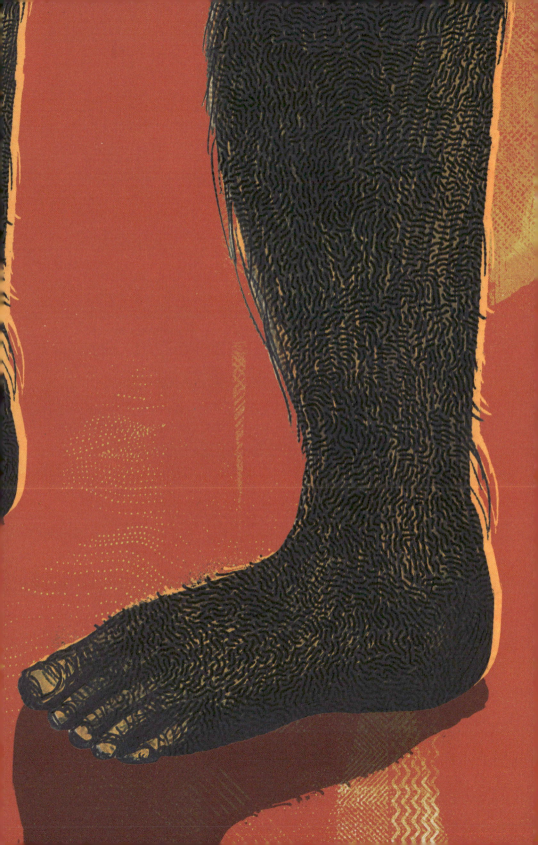

Nas minhas conversas sempre falo a respeito das minhas *PensamentAções*: uma forma de transformar o que penso em ação. Esse jeito de ser é redemoinho. Sabe por quê? Porque o que interessa ao redemoinho é o que está em volta de sua base e em movimento. E, dentro dele, acredito que exista um ser fantástico!

Também incluo nas minhas conversas o Curupira. Eu o admiro por causa da posição contrária dos seus pés, ou seja, são virados para trás. Assim ele pode defender a natureza indo para longe ou para perto sem se perder. Seus rastros sempre mostram o caminho de volta para sua origem.

Lembro-me de que ouvia os mais velhos contarem sobre as debandadas de conterrâneos, que fugiam da seca ou estavam **atocaiados** por situações adversas.

Das leituras que faço, aprendo e apreendo sobre os processos aos quais os povos indígenas foram submetidos e pesquiso temas como: colonialismo, aculturação, afirmação, reconhecimento, desigualdade, etnicidade, preconceito e alteridade – com foco em como é ser e se afirmar indígena no Brasil.

Há uma comunidade que se autodeclara Payayá na Cabeceiras do Rio, município de Utinga, na Bahia, sob a liderança do Cacique Juvenal Teodoro Payayá, para a qual sou convidado como irmão.

Outros Payayá se mobilizam no estado da Bahia, nos municípios de Antônio Cardoso,

Atocaiados – Isto é, "caídos na tocaia". Tocaia é uma espécie de armadilha que pode ser um artefato geralmente feito de arbustos ou simplesmente uma ação de espreita ou vigilância. No texto remete à ideia de "limite ou aprisionamento", imposto pelas dificuldades de sobrevivência no sertão.

Morro do Chapéu, Porto Seguro (Arraial da Ajuda), Jacobina, Miguel Calmon, Pojuca (Riacho das Pedras), Porto Seguro, Salvador, São Paulo, Simões Filho etc.

    Dessa forma, sinto que os pés de Curupira estão nos trazendo de volta à origem indígena. Essa busca é fundamental não apenas para nós indígenas, como também para todo ser humano. A identidade é uma busca incessante mesmo quando não estamos indo e vindo para a fronteira. Nossa pertença étnica.

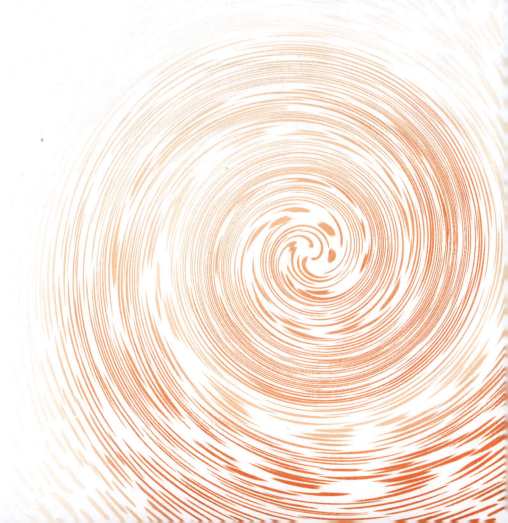

III. ALMA E CORAÇÃO:

O BEM VIVER E A CONEXÃO COM A MÃE TERRA

Depois de mais de 520 anos da chegada aqui dos não indígenas, muitas pesquisas têm buscado conhecer e compreender os povos originários ou indígenas. Quando digo "aqui" me refiro a *Pindorama Mar'Anhan, Abya Yala*. Esses, entre outros, são nomes como reconhecemos e denominamos nossas terras, territórios e que, posteriormente, passou a ser chamado de Brasil.

Somos diversos povos ou etnias com suas próprias crenças, lutas, terras, cenários, línguas e indivíduos que se encontram, se olham, se tocam e se perguntam, com certa reciprocidade e reconhecimento dos que já caminharam ou já caminham juntos – e que talvez nunca tenham se visto –, se há algo que lhes identificam. Uma luz, um aroma, uma semelhança de si no outro, do outro em si. E perguntam e respondem com uma voz, com um olhar, com o toque humano que só existe na saudade, no sonho ou na fé e na esperança. Perguntas e respostas sempre vão surgindo:

– De onde veem essas gentes?

– Das terras das palmeiras, das beiras dos mares, das beiras dos rios, das locas, das pedras e lajedos, dos montes, das serras, das cidades...

– Do que estão falando?

– Das crenças e lutas, das bênçãos e celebrações.

– Que pleiteiam?

– O Bem Viver! O Bem Viver está relacionado ao modo como alguns povos originários se

Locas – Grutas que se localizam em lajedos e que são utilizadas por animais e pessoas.

relacionam com seus familiares, parentes, vizinhos, animais, terras, céus, mistérios e mudanças dos ciclos da Natureza. Esse modo envolve as práticas com as roças, caças e pescas, canto, rituais e com o sagrado. Tudo isso também pode ser falado e entendido como Viver Bem.

Nossos mais velhos cultivavam o Viver Bem e defendiam que um cuidado maior com a Mãe Terra proporcionaria nosso sustento com suas frutas, ervas, raízes, peixes e caças. Devemos respeitar a Natureza, sendo parte dela. A Natureza provê remédios e alimentos. A mandioca, por exemplo, é uma planta que sempre foi utilizada pelos povos originários para fazer farinha, beijus, mingaus, caldos. Cultivar a mandioca é manter a sustentabilidade dessa cultura e a nossa sobrevivência. Plantar, cuidar e extrair dessa planta os elementos para nossos alimentos, nos enche de alegria e orgulho! A mandioca nos alimenta desde os tempos remotos. Com os cuidados com a Mãe Terra, sustentamos o nosso Bem Viver.

Fazer uma nova roça é renovar a força nos encantados, nos espíritos que habitam o nosso lugar, nossas vidas. Para tudo invocamos a boa palavra e fazemos cantos e danças. Viver Bem é uma construção coletiva e uma atitude ativa – como é viva a água do rio que corre.

Juntos com o Grande Espírito queremos que a Terra e o Céu dialoguem. Essa destruição planetária, agravada com as agressões, as enfermidades, os fenômenos climáticos, as corrupções, a violência descontrolada, o tráfico de drogas, de armas e de órgãos humanos, as contaminações das águas e dos alimentos, esses constantes sinais cosmológicos já eram profetizados por nossos povos. Curiosamente essas profecias se assemelham com os versos 12 e 13 do capítulo 6 do livro Apocalipse da Bíblia, que dizem assim:

"... o sol tornou-se negro como saco de cilício, e a lua tornou--se como sangue. E as estrelas do céu caíram sobre a terra...".

De outro modo, mas semelhante, a profecia do povo Yanomami pontua assim:

"Quando morrerem os últimos pajés, o céu cairá sobre a terra. Também o sol e as estrelas cairão e tudo vai escurecer".

Há ainda outros livros da Bíblia que falam a respeito das maravilhas da criação do universo, sobre Canaã, a Terra Prometida, de onde jorra "leite e mel", que também se aproximam da profecia indígena da "Terra sem Males", que diz que haverá fartura de alimentos e paz e em cujos campos as flechas irão caçar sozinhas. Essa é uma crença tanto dos indígenas falantes do idioma tupi quanto dos indígenas falantes do idioma guarani.

Vale dizer que o modo do "Bem Viver – Viver Bem" é atemporal, isto é, não tem tempo definido e cuja crença se entrelaça com outros povos da terra inteira. Enfim, com alma forte e amor, vibrem os maracás! Toquem as flautas e tambores! Entoem os cantos pelo Bem Viver e pelo ensino das histórias e das culturas dos povos de Pindorama e **Abya Yala**!!!

ANCESTRAIS, SÁBIOS E SÁBIAS, GUARDIÕES E GUARDIÃS

Todo dia, nós, indígenas, renovamos uma completa conexão com a Mãe Terra. Somos com ela uma só tessitura. Fibras, luzes, raios, espíritos, seres animados e inanimados, aromas, batismos, todos os elementos em um só organismo.

Abya Yala – O povo Kuna que habitava na época as regiões do que hoje são o Panamá e a Colômbia, chamava esse território continental de *Abya Yala*, que em sua língua significa "Terra madura", "Terra viva" ou "Terra em florescimento".

Imemorialmente, tudo já estava interligado desde a mão numa fruta, numa flor, numa folha e na caminhada pelas matas, em ciclos de sóis, luas, águas e terras. Depois das novas luas e dos novos sóis, novos ciclos, ressurgências aqui e acolá vão botando vida das vidas.

Nossa inteligência e coragem vêm dos nossos antepassados. Quando as adversidades nos assaltam, precisamos de iluminação para interpretar os sonhos ou de força para lutar. Assim, voltamos para eles a fim de que nos revelem com seus saberes como devemos prosseguir nos próximos passos. A caminhada é longa e há **arapucas** ocultas. De repente, eles, os antepassados, nos ensinam como desarmar as arapucas, a não nos furarmos nos espinhos ou os remédios para curar a dor; nos mostram quais frutos comer e em quais árvores há cântaros com água para saciarmos a sede.

Os ancestrais são encantados na outra vida e enxergam o que não vemos – mesmo de dia não vemos o que eles e elas enxergam. – E de noite? Muito melhor para eles e para elas e muito pior para nós! A vida é uma eterna e harmônica organização de substâncias. Nossos ancestrais são parte desses fios da grande teia universal. Por meio desses fios, eles e elas nos orientam e nos sustentam junto com a Grande Mãe Terra!

Arapuca – Origina-se da língua tupi, cujo significado é armadilha para pegar pássaros, preás, cotias, entre outros animais. Feita de paus, com adornos de galhos e folhas. Aqui, por extensão, a ideia é de cilada, armação, emboscada, surpresas.

IV. DIVERSIDADE, FÉ E CORAGEM:

DOS SONHOS ÀS ESTRATÉGIAS DE SOBREVIVÊNCIA

Sabemos que cada povo ou etnia tem sua cultura e sua história. Cada comunidade tem seu próprio conjunto de tudo o que é dinamizado: o nome do povo, a língua, as crenças, as relações entre as pessoas, os animais, as plantas, os espíritos, a forma de caçar e pescar e o relacionamento de um povo com os outros, ou seja, os processos sociais e históricos.

Para ser ter uma ideia dessa diversidade, de acordo com o Censo do IBGE de 2010, os povos indígenas somam 305 povos/etnias, 274 línguas. E é por meio do diálogo intercultural que são mobilizadas e consolidadas as semelhanças e diferenças entre esses povos.

Um exemplo diz respeito à lua e ao sol. Para os povos que falam a língua tupi e a língua guarani a lua é chamada de *Yacy, Jaci* ou *Jacy* e o sol *Kuaracy, Kuarasy* ou *Coaraci*. Já os vários povos que compartilham suas vivências no Parque Indígena do Xingu (MT) chamam o sol de *Kwat* e a lua de *YAÌ*.

Os povos originários são guerreiros e fazem de seus sonhos bússolas, rotas. Movidos pela fé e pela coragem, caminham sob os céus com os pés fincados no chão como raízes e sementes. Por meio dos sonhos, os mais velhos têm visões de como e onde vão surgir os próximos acontecimentos: o que sucederá com as roças e os rios; se haverá fartura de frutas, raízes e peixes; se chegará um animal feroz... Também podem anunciar doenças e até guerras.

Nossos ancestrais foram atacados e fizeram guerras como estratégias de sobrevivência e resistência, em defesa dos nossos territórios. Eis algumas delas:

- Entre os anos de 1554 a 1567: Confederação dos Tamoios, no atual Rio de Janeiro.
- Entre os anos de 1574 a 1599: Guerra dos Potiguares, no atual Rio Grande do Norte.
- Entre os anos de 1617 a 1621: Levante dos Tupinambás, no atual Pará.
- Entre os anos de 1682 a 1713: Confederação dos Cariris ou Guerra dos Bárbaros, na região nordestina e com ênfase nos Estados do Ceará, Paraíba e Rio Grande do Norte.
- Entre os anos de 1723 a 1728: Guerra dos Manaus, na região amazônica.

E tantas outras...

Mais recentemente, como resultado de um processo de lutas iniciadas em 1970 no município de Banzaê, na Bahia, o povo Kiriri conquistou a demarcação de suas terras originárias no ano de 1990.

Os indígenas sempre tiveram seus líderes e heróis. Na atualidade, temos dezenas de lideranças valorosas, professores, escritores, advogados, artistas, pessoas de vários povos e de diversos estados brasileiros que têm colocado suas vozes para apresentar à sociedade quem fomos, quem somos e o que desejamos ser. Pessoas que exigem a demarcação das nossas terras, o respeito às nossas culturas e histórias e que são contra a violação dos direitos humanos.

Temos tentado superar a visão de que os indígenas estão no passado, folgados numa rede, nus, adornados, tocando maracá e com arco e flecha passeando pela mata.

Há de se superar o folclorismo do "Dia do Índio" e passar a pensar no "Dia dos Povos Indígenas" a fim de que a sociedade brasileira se dê conta de que não estamos (apenas) nas florestas e campos – mas também convivendo com os brasileiros, vivendo no seu dia a dia, nas escolas, nos transportes, nos centros de saúde, nas universidades, nas cidades e nas favelas. Nós estudamos, trabalhamos e ainda defendemos nossas terras de invasões. Buscamos demarcar as terras que sempre foram nossas e que são direitos garantidos na Constituição Federal de 1988.

Em tempos que já se vão bem para trás daquelas serras, bem, bem mais para além de verdade, meus antepassados já viviam neste mesmíssimo lugar onde estamos hoje. Eles ensinavam para seus filhos e filhas como cuidar da terra, dos seus descendentes e da parentada. Esses ensinamentos vinham escritos em nossos corpos em formas de desenhos, nas vivências, no som das palavras e na força do olhar. Foi sempre por meio da oralidade, nas rodas de conversas com todos reunidos, que eles transmitiram o conhecimento – tinham e muitos ainda têm uma filosofia e pedagogia ancestrais como maneira de ensinar e aprender. Isto é, nosso sistema de educar.

A fé entre os povos indígenas também tem suas semelhanças e diferenças. Alguns povos chamam de Deus o (seu) Ser Supremo, assim como os cristãos. O saudoso antropólogo brasileiro Darcy Ribeiro relatou que, em seus trabalhos de campo entre os vários povos com os quais tivera contato, o que os indígenas chamavam de "Deus" era muito diferente do Deus da Bíblia.

Há diversas variações para a palavra Deus:

Os Guarani chamam de *Ñhanderu-Eté*, Deus Verdadeiro. Mas também *Ñamandu*, *Ñhanderu* e *Ñhandeiara*.

Entre os Tupi, podemos encontrar *Mairahu*, *Mairamonã*, *Maira* e ainda *Tupã*. Inclusive esses termos da língua tupi e da língua guarani foram incorporados por diversos povos que não falam esses idiomas. Talvez esse fato seja explicado pela imposição da catequese e pela força e beleza estruturantes do tronco linguístico tupi. Além disso, termos dessas duas línguas denominam hoje cidades, ruas, rios, cachoeiras, fenômenos, pessoas, alimentos, fauna e flora etc., em grandes extensões do Brasil, Paraguai, Uruguai e Argentina.

Outros exemplos de variações para a palavra Deus:

◎ Os Pataxó e Pataxó Hã hã hãe chamam de *Niamisũ*.

◎ Entre os Kiriri e também entre os Kariri, podemos encontrar desde *Badzé, Kupadzuá, Tupã, Siniócribae* ou *Duniori*. Segundo sua cosmogonia, um deus deles mora na constelação de Órion, sendo *Warakdzã* o deus do sonho.

◎ Os Yanomami chamam *Omama*. Essa etnia tem uma rica e complexa profecia, muito estudada no momento.

◎ Os Manchineri chamam *Hoyakalu*.

◎ Os Kamaywrá chamam *Mavutsinim*. Esse Deus é quase comum para todos os povos que habitam o Parque Indígena do Xingu, no estado do Mato Grosso e é muito celebrado nas festas ou rituais do Kuarup.

◎ Os Karajá chamam *Kananciuê*.

Esses são apenas alguns exemplos da sociodiversidade étnica indígena no Brasil!

A ÁRVORE QUE MATAVA DE MEDO

Há muitos anos, quando eu ainda era um menino de 5 a 6 anos, (me lembro bem dessa idade, embora umas nuvens insistentes teimam atravessar e embaçar a minha memória. Mas não darei bolas para elas e vou emendar uns fiozinhos para me ajudar a manter viva essa memória!), aconteceu algo que jamais esqueci.

Certa feita, um curador muito afamado que morava a muitas léguas da nossa aldeia, contou sobre a existência do Pau Chorão. Ele disse que era uma árvore encantada que ficava numa encruzilhada, numa estrada longa, no pico de uma ladeira cheia de pedras e com uma vereda que a atravessava. Ninguém nunca havia entrado nessa vereda, pois ficava na direção em que essa árvore nasceu, assombrando homens, mulheres, crianças e até animais!

Ele afirmava que durante o dia ninguém a enxergava com clareza. Era esquisita. Parecia que ficava invisível para uns, mas não para outros. Claro, era encantada! Isso me fazia lembrar da recomendação dos mais velhos para termos cuidado ao passar naquela região. Eles recomendavam para não passarmos nas horas em que o dia se despede para chegar à noite, em outras palavras, durante o pôr-do-sol.

Crianças ou adultos, de mãos vazias ou armadas, de pés ou montados, deveriam respeitar as manifestações da natureza e não reclamar ou sair correndo, praguejando! Porque o encantado que mora nela tudo sabe e tudo vê!

Então, todas as vezes que aquele curador terminava sua narrativa, ficava sacramentado para o povo do lugar que a gente não deveria passar por ali quando o sol estivesse se escondendo em sua fogueira para dormir lá nas lonjuras do sem fim!

Eu me lembro: era um choro forte, loooooongo e triiiiiste, que só de pensar me arrepia até hoje!

Pau Chorão, Pau Chorão, hoje, ao contar essa história, fiquei matutando se teus gemidos não seriam por causa da tua solidão! Você vivia sozinho naquele ermo e como todos te temiam, ninguém foi lá, de pertinho, conversar contigo! Só pajés, curandeiras e curandeiros, rezadeiras e rezadores desenvolvem esse diálogo com o sobrenatural que habita plantas, animais e minerais.

A alma que ainda mora em mim é a mesmíssima daquele tempo de infância e por isso tenho fé de que, embora tenha passado mais de cinquenta anos sem te ver, ainda vou voltar aí para te abraçar e para a gente conversar.

V. POEMAS, PARÓDIAS E CANÇÃO:

ALGUMAS MANEIRAS DE DEFENDER E CELEBRAR A VIDA!

NA CAPANGA DA ALMA INDÍGENA

Corumbá – Da língua tupi, significa lugar ermo, terreno de cascalho.

Maió – Maior. (Observe que o autor, neste poema e em outros textos, faz uso dessa linguagem conhecida como dialeto ou falavreado. Espécie de licença poética para a recriação popular do português culto. Há quem chame de sertanêz e outros chamam de gíria.)

Iscapulia – Escapulia, saía.

Aboio – É um canto e/ou enunciado de palavras para que as boiadas sigam ou atendam ao vaqueiro-aboiador rumo ao curral, às pastagens, ou nas guianças das reses pelas estradas. Quando esses cantos e/ou enunciados não se referem aos nomes desses animais, indicam o que devem fazer. Na maioria das vezes, são repetições dos sons das vogais sendo a mais conhecida: Êh-boi!

Descambava – Desaparecia na distância.

Derna – Desde.

Cocorocô – Canto do galo.

S'aprochegava – Se achegava.

Dis'arribá – Sair correndo, a toda.

P'ro eito – Sair para a labuta, para o trabalho.

Quano – Quando.

S'arriava – Descia, sumia.

Iscorava u véi... – Escorava o velho, isto é, sustentava.

Nasci no sertão, pátria **corumbá**
Meu Pai nas noite di **maió** inquietação,
Iscapulia das cunversa i causos.
Abria batia **aboiava** porteira i ânsias
I in seu Cavalo-Cor-di-Sonhos,
fundava casco
I **descambava** p'ras serras diamantinas!

Derna o **cocorocô** do galo
O novo dia **s'aprochegava**
I era hora **dis'arribá p'ro eito**
Di milho, mandioca i feijão!

Quano o Sol **s'arriava** p'ros confins,
Minha Mãe **iscorava u véi** rancho.

I tudo **quetava** no **mundéu** caipira!
C'a noite montada num trote manso
Meu Pai **disapiava** no Terreiro
das Histórias
C'un seu Cavalo-Cor-di-Sonhos!
Rancava do **alforje** i do **palavreado**
Tanta ventura di onças,
Calumbis i bois **incantados**
C'ua força sertã di jequitibá!

Hoje, transplantado, transfigurado,
tapeado no concreto da **ferocidadegrande**,
Minh'alma **capangueira di canarin**
Aperreiada ispavorida questiona:
Cadê meus brinquedos
Com **capuco** de milho, rodas de **cabaça**,
Fita de licuri e,
Subidas nas árvores e **tchibum** rio?!

Quetava – Silenciava.

Mundéu – O mundo de maneira resumida e ligado a uma realidade específica.

C'a – Com a.

Disapiava – Descia (do cavalo ou de outro animal).

C'un – Com.

Rancava – Arrancava, tirava.

Alforje – Bolsa de couro utilizada pelos sertanejos e em muitos lugares pelos vaqueiros e caçadores.

Palavreado – Mesmo que falavreado.

Calumbis – Plantas da família das leguminosas cuja moita de espinhos é impenetrável.

Incantados – Encantados.

Ferocidadegrande – Feroz cidade grande.

Capangueira di canarin – Como se o canário tivesse uma capanga, isto é, alforje ou bolsa onde coubesse sua alma.

Aperreiada – Chateada, zangada.

Ispavorida – Apavorada.

Capuco – O mesmo que sabugo (de milho).

Cabaça – Planta trepadeira (*Lagenaria vulgaris*) também conhecida como porongo. Muito usada no artesanato. De seu fruto faz-se cuias. Eu fazia rodas para meus carros.

Tchibum – Onomatopeia que se refere ao som de um corpo caindo na água.

CAMINHO DE VOLTA

Reencontro os **Pés de Curupira**
E já enxergo o fogo no centro do terreiro,
Reconheço parentes no Círculo
Em Partilha de Festa e Trabalho
E vejo Deus a quem chamamos
Ñhanderu, Mairahu, Kananciuê, Niamisũ,
Omama, Hoyakalu
– Entre outros nomes
Enfim, agora são os meus pés
Que me colocaram no Caminho de Volta,
Para o presente de Todos e para Todos!

Última estrofe do poema **Pés de Curupira** de minha autoria, no qual reflito acerca das minhas imersões em tentativa de encontrar meu acoplamento no mundo, em busca do meu ***Caminho de Volta.***

BENÇÃOS E BENDIÇÕES DA TERRA E SEUS FILHOS

Oh, águas do mar, rios e cachoeiras,
O lugar, a energia, a cura!
Oh, Terra, onde germina tudo o que é
benfazejo,
Onde a seiva da vida sempre ressurge
E sustenta os nós da teia cósmica!

Oh, nós moradores das ribeiras,
Nós que viemos de tudo que é lado,
De tudo que é banda,
De todos os tempos,
Agradecemos pelos alimentos
Da mata, do mar e do rio
E de tudo o que alimenta a alma
E o bem virá, agradecemos,
Oh, Nossa Mãe Terra!

Benfazejo – Que pratica o bem. Que é afetuoso; generoso. Que tem ação favorável, benéfica ou útil; cuja influência é boa.

ALÔ AMBIENTAL

A Rádio Popular entra em sua frequência
MoVida pela REDE
E dá o seu Alô Ambiental:
– Salve Oh, Vovó do Mangue!
– **Guê Caá**! "Salve a Mata"!
– Guê Caá! "Salve a Mata"!
Cuidado! Cuida Homem!
O Movimento pela Vida estendeu sua REDE:
– Lençol multicor, multiétnico
– Isto e aquilo e o bicho homem...
"É tempo de murici" e do **espicho**
Por causa da TEIA que reclama
Os sucumbidos nas pilotagens de mão única!

Aumente a sua frequência:
TUDO está INTERLIGADO
Tá se ligando?
(Banho de ervas e o **Macuco da Mata**;
Os Ribeirinhos do Velho Chico e de outras
bandas de rio).
Pur'donde andamos danamos as águas
Com mercúrio, plástico, pneus
E aterramos lagos, lagoas e rios.

Guê Caá! – "Salve a Mata!".

É tempo de murici – Parte do ditado popular que significa "uma atitude egoísta", ou seja, que cada um cuide de si (não se importar com os demais).

Espicho – Momento propício para gente e bicho sairem de casa, da toca, da loca e se espichar, se alongar, espairecer... Sair por aí.

Macuco da Mata – Da língua tupi, Ma'kuku, significa "ele habita a Mata Atlântica". Como essa ave é muito perseguida por caçadores, está ameaçada de extinção.

Pur'donde – Por onde.

(O Quepe do General e o **Botoque do Raoni**;
Encourados do Nordeste e os
Badameiros das Polis
As Mulheres do Babaçu e as
Marisqueiras da Santa Maré;
Micos extintos nas matas e tantas
crianças mortas
Nos lares, escolas e ruas...)

Aumente a sua frequência:
TUDO está INTERLIGADO
Tá se ligando?
A Rádio Popular entra em sua frequência
Pois a REDE conspira e conclama:
Ou mudamos de atitude
Ou na próxima esquina
A Esfinge devora Todos!
Do barro à poesia,
Do lúdico à parabólica assumir:
TODOS SOMOS UM
E temos a magnitude e o risco
Ao Fazer ou Deixar de Fazer
Eis os sinais na lua, na terra, nos rios,
Na fome, na criança, no sertão
Na África, em Bagdá, sei lá...

A Rádio, teimosa, entra em sua
frequência e afirma
Do lúdico à parabólica assumir:
TODOS SOMOS UM
Tá se ligando?
TODOS SOMOS UM
SOMOS TODOS
UM
UM

Botoque do Raoni – Alusão ao disco de madeira no lábio inferior do líder xinguano, pajé e cacique Raoni Metuktire da nação Kayapó. Indicado para o prêmio Nobel por sua luta em prol da preservação ambiental.

Encourados do Nordeste – Referência aos vaqueiros que se vestem de couro.

Badameiros das Polis – Alusão aos recicladores que selecionam e catam materiais para venda e sustento e que assim contribuem com agentes ecológicos.

Mulheres do Babaçu e as Marisqueiras da Santa Maré – As mulheres do Babaçu (coco da palmeira, *Attalea ssp.*) são conhecidas como quebradeiras do babaçu e estão entre a caatinga e o cerrado, nos estados do Maranhão, Piauí, Tocantins e Pará. Já as Marisqueiras vivem nas proximidades das praias e manguezais e também chegam de pontos distantes para fazerem seu ofício, que chamamos de "operárias da Santa Maré", cujos apetrechos, por serem artesanais, contribuem para a preservação das tradições culturais e ambientais.

MORMAÇO

EIA que **baticum**
Que retumba diferente
Fazendo danação!
Come e devora **araticum**
Escarrera toda gente
Erva água bicho do sertão!

O **banzé** que **sarapanta**
Lá dentro do cerrado
toda região se espanta
— Mas, o que é que é?
(É foice trator machado
do minerador madeireiro coroné!)

EIA – Interjeição. Onomatopeia. Grito animado.

Baticum – Som como da pulsação agitada ou de palmas. Som do vento forte nas folhas numa mata adensada.

Araticum – Árvore que ocorre em áreas secas e arenosas do cerrado e da caatinga. Pode ser confundida com a fruta do conde, pinha, atemoia ou graviola.

Banzé – Zoeira, confusão.

Sarapanta – Assusta, mete medo.

... Foge corre esconde
Teiú suçuarana uirapuru
– **Curupira**, vamu p'ra onde?!

... Foge corre esconde
Payayá Kiriri Tumbalalá
– **Jurupari**, vamu p'ra onde?!
... Foge corre esconde
Umbu ipê mulungu
– **Caipora**, vamu p'ra onde?!
... Foge corre esconde
Velho Chico, Tietê, Paraguaçu
– **Mboiuna**, vamu p'ra onde?!

Teiú – Do gênero de répteis tupinambis. É um dos maiores lagartos. Recebe outros nomes como: tiú, teju, tejuaçu, jucuaru, entre outros.

Suçuarana – Também conhecida como onça-parda, puma, onça-vermelha e ou leão-baio.

Uirapuru – Refiro-me ao uirapuru-verdadeiro (*Cyphornis aradus*). Ave canora da família dos trogloditídeos. Por seu canto ser profundo e melodioso, é admirado e sua aparição na mata é envolvida de mistério. Há lendas que relacionam o uirapuru àquele que traz sorte na vida e no amor.

Curupira – Ente fantástico. Contam-se muitas histórias dele. Tem os pés voltados para trás. É defensor da Natureza.

Payayá Kiriri Tumbalalá – Povos originários localizados no estado da Bahia.

Jurupari – Misto de legislador e de demônio. Seu mito é muito comum entre os povos indígenas da Amazônia, e muitas lendas rezam sobre ele.

Umbu ipê mulungu – Árvores muito apreciadas, cada uma com suas nobres propriedades. Sou apaixonado por cada uma delas.

Caipora – Ente fantástico, habitante e guardiã das matas. Muitas histórias se contam sobre ela.

Velho Chico, Tietê, Paraguaçu – Importantes rios brasileiros. Cada um tem uma linda história de onde nasce, banha e passa.

Mboiuna – Cobra grande, presente em mitos e narrativas de vários povos originários, com ênfase na Amazônia.

RECADO UNIVERSAL

PRECISAMOS LEMBRAR aos viajantes da Nave Mãe
Que há muitas portas
Mas também becos e entre becos
Labirintos e armadilhas sem saída
E há uma porta para o meio ambiente
E essa porta está sempre aberta
– Aí reside a nossa grande bênção!

Não maltratar animais e plantas
Não cuspir no rio
Cultivar a terra
Cuidar dos nossos corpos,
Orgulhar-se da nossa escola
E nos motivar a aprender
Uma nova lição a cada dia.

Não tratar com indiferença
Os diferentes na cor
Cultura, religião, orientação sexual etc.
Ponderação e não violência
Praticar a solidariedade
Pela paz
Ampliar a consciência de que
Somos-Um-Só
Com o Organismo-Cósmico
Somos partes do Todo
E estamos tecidos ao mesmo destino
Na mesma e única Teia:
Cada fio é parte e é o todo em si:
Viva a diversidade!

PRESENTE FUTURO

Se tem **tangará**
E uma bela floresta
Por isso há esperança no seu:
— "Trá, trá! Trá, trá!"
E haja festa,
Minueto, qualquer dança,
Samba ou **toré**
Ele equilibra no **sapé!**
Se seu "Tiu, tiu! Tiu, tiu!"
Ao amigo perpassa
Este, ao longe responde
Àquele "Tiu, tiu! Tiu, tiu!":
— "Trá, trá! Trá, trá, trá!"...
E o ornitólogo na fumaça
Pergunta ao futuro:
— "Onde?! Onde?!"

Tangará – Ave engraçada e linda, também conhecida como tangará-dançarino.

Toré – Ritual comum a diversos povos indígenas do Nordeste brasileiro.

Sapé – Planta (*Imperata brasiliensis*) também conhecida como sapê, capim-sapé e juçapé, cujos caules são, após secos, utilizados para se fazer telhados de casas rústicas.

O RIO, O MENINO E O VELHO

O rio foi um dia
Em minha vida,
— Eu vi, era lindo, (ainda!)
Hoje não, o "gato"
Ou o Lobo Mau comeu.
E o que era doce
Acabou na **pindaíba**!

(Grita aqui dentro
no Homem já velho)
a dor da criança lá fora
Que mal fala,
Mal vê, mal brinca...
— É que os malditos/malfeitores
Mandaram a manobra e haja:
— Bomba, mercúrio, desvios,
— Transposições e invencionices...

Lá se foi o meu barquinho de papel,
Brinquedos de cabaça, de sabugo de milho,
De **croá**, de **bexiga de porco**
Os boizinhos de **incó** e de
ossos do mocotó
E o **Bumba meu boi**
E o **sapo-boi** lá na lagoa:
— Foi. Não foi...

Pindaíba – Da língua tupi e significa anzol ruim ou a sina de depender do anzol para sobreviver ou ainda voltar da pesca sem ter pescado nada, ou seja, pescaria ruim.

Croá – Também conhecida como caroá (*Neoglaziovia variegata*), de onde se extrai uma fibra.

Bexiga de porco – Faz parte do trato urinário. Ao ser retirada do animal, a bexiga é lavada e, posteriormente, enfia-se um canudo de mamona ou mamão. Depois, assoprando, faz-se uma bola. Brincávamos felizes dias e noites!

Incó – Ou icó é uma planta nativa da região Nordeste que dá um fruto de forma cilíndrica, pontuda e de cor verde, que usei muito para fazer brinquedos.

Ossos do mocotó – Depois de comido o mocotó, eu e muitas crianças do meu tempo e lugar utilizávamos os ossos para criar os animais com os quais brincávamos horas sem fim!

Bumba meu boi – Uma das festas mais populares, coloridas e dançantes das regiões Norte e Nordeste!

Sapo-boi – Sapo-cururu, crespo e venenoso.

PARÓDIA DA CANTIGA
"TEREZINHA DE JESUS"

O **Joanes** e o **Capivara**
Com tanta morte secarão
Devastaram nossas águas
Antes que lhes dessem a mão!

Não podemos só lamentar
Com o que está acontecendo
Vamos acordar minha gente
A nossa água está morrendo!

Joanes e Capivara – Rios da Região Metropolitana de Salvador, na Bahia.

PARÓDIA DA CANTIGA "FUI NO TORORÓ"

Fui no tororó
Beber água e não achei
Achei montão de lixo
E no vidro me estrepei

Aproveita minha gente
Que a poluição é malvada
Se não dermos um jeito
Vamos acabar a aguada
Oh! Seu Jacumirim,
Oh! Seu Imbassaí
Se não entramos na luta
Será o seu e nosso fim!

Aguada – Provisão de água doce. Bebedouro, fonte, manancial.

Jacumirim – Localiza-se na região metropolitana de Salvador, Bahia.

Imbassaí – Localiza-se na Costa dos Coqueiros, litoral norte da Bahia, a apenas 70 km da cidade de Salvador, Bahia.

PARÓDIA DA CANTIGA
"A CANOA VIROU"

Se o Rio sujou,
sujou, sujou
Foi por causa da gente
Que não soube cuidar
Jogamos lixo e sapato
Cortamos a mata ciliar
Foi por causa da gente
Que não soube cuidar

Se o Mar sujou,
sujou, sujou
Foi por causa da gente
Que não soube cuidar
Jogamos esgoto e bomba
Cortamos o manguezal
Foi por causa da gente
Que fizemos tanto mal...

A água faltou,
faltou, faltou
Foi por causa da gente
Que não soube cuidar

Abrimos torneiras e comportas
Começamos a esbanjar
Foi por causa da gente
Que não soube cuidar...

PARÓDIA DA CANTIGA "ATIREI O PAU NO GATO"

Ah! que rio mais bonito to to
Como é bonito to to
Tão limpinho nho nho
Quanto peixe xe xe
Mora nele lê lê
Que bonito
Que bonito este rio!
Chuá! Chuá!

CICLO

Vamos procurar o **camin**!
O camin d'aldeia, **anama**!
Maré baixa, maré alta,
Vida, movimento sem fim,
Mutirão p'ra conscientizar:
Que bomba é desamor, anama!
Que bomba é desamor, anama!
Que bomba é desamor, anama!
A volta que a Rede deu
É a Teia quem sustenta, anama!
P'ra ter trabaio p'ra anama,
P'ra ter peixe p'ra anama,
P'ra ter verde e mais amor,
P'ro mundo inteiro, anama!...
P'ro mundo inteiro, anama!...
P'ro mundo inteiro, anama!...

Ciclo – Trata-se de uma música composta por mim para o espetáculo *A Bomba na Rede da Teia*, também de minha autoria e direção, envolvendo crianças, jovens e adultos, filhos, pais e mães que vivem como pescadores e marisqueiras das localidades vizinhas a Baía de Aratu, município de Simões Filho, região metropolitana de Salvador, Bahia.

Camin – Abreviatura de caminho.

Anama – Da língua tupi e significa gente, nação, raça, parentes, parentada.

Ciclo
Partitura do poema

Ademario Riberio
Edição: Ada Anjoss / @ada.anjoss

VI. AQUI E AGORA:
CUTUCANDO
PARA DIALOGAR

49

In

Indium

114.82

Antes de terminar este livro, penso que é oportuno lembrar que o termo "índio" foi utilizado por Cristóvão Colombo, em 1492, para se referir aos indígenas, pensando ter chegado às Índias. Mais tarde, em 1507 aproximadamente, essa região passou a ser chamada de "Terra de América" e, depois, América ou Continente Americano, em homenagem a outro explorador, o Américo Vespúcio.

Mais um erro deles.

Esse termo, como pontua em suas palestras o nosso parente e escritor Daniel Munduruku, é um apelido e não nos representa. Ele nos convida a visitar a Tabela Periódica na qual consta que "índio" (In) é um elemento químico metálico.

Nosso desejo é que essa informação se espalhe como pingos de boas chuvas para fertilizar as mentalidades e desconstruir esse equívoco entre tantos outros que ainda perduram nas cabeças de brasileiros e brasileiras!

Concluindo, foi muito prazeroso e cutucador organizar e escrever esses temas para falar da minha TERRA, abrir minha MEMÓRIA, dar asas à minha ALMA, seguir os compassos do meu CORAÇÃO para conversarmos sobre a DIVERSIDADE, a FÉ e a CORAGEM, muitas vezes em forma de POEMAS, PARÓDIAS, CANÇÃO, com que podemos ter uma melhor noção AQUI E AGORA de quem são os Povos Indígenas ou Povos Originários.

Cutucador – Do verbo *Kutuk* da língua tupi, que significa arpoar, buscar, trazer. Há aqui o desejo de buscar e trazer para perto o leitor ou leitora para uma roda de conversa.

REFERÊNCIAS BIBLIOGRÁFICAS

BRASIL. **Instituto Brasileiro de Geografia e Estatística (IBGE).** Censo Demográfico 2010. Disponível em: http://www.censo2010.ibge.gov.br. Acesso em: dez. 2022.

NAVARRO, Eduardo de Almeida. **Método moderno de tupi antigo.** 2. ed. Petrópolis: Editora Vozes, 1998.

PORTAL DE REVISTAS DA USP. **Revista de Antropologia,** v. 2, n. 2, dezembro de 1954, São Paulo.
Disponível em: https://www.revistas.usp.br/ra/issue/view/8378/558. Acesso em: dez. 2022.

RIBEIRO, Ademario. **As histórias e a s culturas dos povos indígenas nos anos finais do ensino fundamental nas escolas Mbo'ehao e Kijêtxawê de Simões Filho, Estado da Bahia.** Dissertação defendida na Universidad Interamericana, PY, 2019.

RIBEIRO, Ademario. **Movimentos indígenas na senda das crenças do Bem Viver e a Terra sem Males.** Disponível em: https://periodicoseletronicos.ufma.br/index.php/kwanissa/article/view/17403. Acesso em: dez. 2022.

RIBEIRO, Darcy. **Maíra** – um romance dos índios e da Amazônia. 18. ed. Rio de Janeiro: Record, 2007.

SAMPAIO, Teodoro. **O tupi na geografia nacional.** 5. ed. Introdução e notas do Prof. Frederico G. Edelweiss. São Paulo: Editora Nacional, 1987.

SOBRE O AUTOR

Indígena Payayá, pedagogo, mestre e doutorando em Ciências da Educação. Ademario Riberio Payayá também é escritor, poeta, teatrólogo, diretor de teatro e presidente da Associação ARUANÃ. Na infância, inventava escritas em folhas das árvores, solo dos terreiros e enxurradas. Nos anos 1970 iniciou sua Literatura. Tem publicações individuais e em coautorias com indígenas e não indígenas. Seu último livro publicado, *Oré – Îandé (Nós sem vocês – Nós com vocês)*, foi escrito em guarani, patxohã, kiriri, tupi e português. Além disso, recentemente alguns de seus poemas foram publicados na coletânea *Apytama – Floresta de histórias*, organizada por Kaká Werá, também pela Editora Moderna. Ademario tem contribuído nas formações de professores na perspectiva da ampliação de conhecimentos acerca dos povos indígenas com vistas a superarem estereótipos e compreenderem as sociodiversidades identitárias e culturais, além de divulgar escritores(as) da Literatura Indígena.

SOBRE O ILUSTRADOR

Mauricio Negro é ilustrador, escritor, designer, pesquisador e gestor de projetos relacionados a temas ambientais, identitários, indígenas, tradicionais e contemporâneos, quase sempre marcados pela diversidade natural e cultural brasileira. Desde os anos 1990, participa de catálogos e exposições em diversos países. Como autor-ilustrador, além de trabalhos no Brasil, também publicou na África, na Ásia e na Europa.

Comunicólogo pela ESPM, pós-graduado em gestão cultural pelo Senac, foi conselheiro da Sociedade dos Ilustradores do Brasil (SIB). Recebeu prêmios e menções, tais como oito selos do Clube de Leitura ODS da ONU, The White Ravens (Alemanha), NOMA Encouragement Prize (Japão), The Merit Award/Hiii Illustration (China), Seleção CJ Picture Book Festival (Coreia do Sul), Selos Distinção e Seleção Cátedra Unesco de Leitura PUC-Rio, Prêmio AGES Infantil, Prêmio FNLIJ Figueiredo Pimentel, Prêmio Jabuti, entre outras certificações.